El Discipulo De Cuatro Patas

El Discípulo De Cuatro Patas

DE
BARBARA ROGERS

ILUSTRADO POR
TAMARÍS JOHNSON

SPIRITBOOKS

El Discípulo de **c**uatro patas

Ilustrado por Tamarís Johnson

Traducido por Silvia Oliveri

SpiritBooks, una edición de Portal Center Press
www.portalcenterpress.com

ISBN: 978-1-936902-21-7

Impreso en los Estados Unidos

1. Historias con perros 2. Jesús; 3. Tierra Santa;
4. Biblia.

Por copias de las ilustraciones visitar
www,thedogwholovedjesus.com

Dedicado a la Reverenda Iglesia
de Susan Campbell

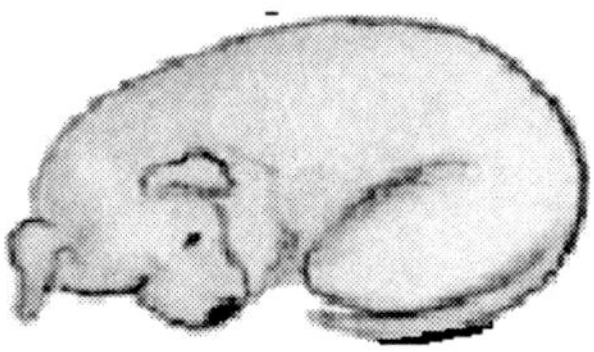

Nota Acerca de los Nombres:

Yeshua es el nombre con el que Jesús hubiera sido conocido en los tiempos del Nuevo Testamento.

Se pronuncia Yeh-Shú-a.

Cherem se pronuncia Khe-rém y significa "El Abnegado."

TABLA DE CONTENIDOS

River Jordan Baptism

CAPÍTULO UNO

MOVIMIENTOS

Las empedradas colinas de Galilea brillaban rojizas con la primera luz de la mañana. Sobre ellas, trazos de nubes grises iban disolviéndose en el azul del cielo.

Otro día más sin lluvia, donde el agua sería difícil de encontrar, si fueras un animal solitario. Un perro de manto marrón-dorado, semejante a tantos otros de la antigua Palestina, se detuvo en un camino polvoriento a lamberse la rodilla. Tenía que sentarse y torcerse sobre sí mismo para lograrlo, y el esfuerzo lo cansó.

El perro estaba tan flaco que podían contarse sus costillas; su rótula miraba hacia un lado. Desde que su antiguo dueño lo había pateado por intentar agarrar un pedazo de pan caído al suelo, nunca más fue lo mismo. Esa no fue la primera vez en que el hombre lo pateara, pero el perro decidió que sería la última.

A partir de ese entonces, el perro había estado deambulando por la campaña, asegurándose de mantenerse lejos de los soldados Romanos y de los carros de los mercaderes. De tanto en tanto una mujer lo alimentada con sobras y, a veces, irrumpía en patios para robar gallinas. Pero eso fue antes de que su rodilla se agravara, tanto a obligarlo a caminar en tres patas. Más importante que la comida, era el agua. El perro sabía que tenía que encontrarla pronto, o estaría demasiado débil como para seguir.

Escuchó un chapoteo de agua a la distancia, y su cabeza se irguió de repente. Si la memoria no le fallaba, el río no estaba lejos del camino, antes de que la vía hacia Canaán se adentrara en las colinas. El perro rengueó hacia la dirección del sonido; podía ya casi saborear el agua fresca y su lengua se enroscó hacia arriba como si estuviera lamiendo en el río.

Una muchedumbre de personas estaba parada en las orillas del río Jordán, murmurando entre ellas, como juncos mecidos por el viento. El perro se abrió paso entre los pies embarrados, intentando evitar ser pateado nuevamente.

Logró finalmente alcanzar la orilla para zambullir su lengua en el agua, enroscándola una y otra vez, llevando el líquido a su boca seca. Le llevó un buen rato saciar su sed, pero cuando estuvo satisfecho, comenzó a mirar sus alrededores.

El perro vió a un hombre muy delgado, parado adentro del río. El agua llegaba a su cintura y sus manos estaban apoyadas sobre los hombros de otro hombre, alto y de barba castaña. El más delgado le dijo algo en voz baja, para después empujarlo debajo de la superficie del río hasta que nada más que su largo y oscuro cabello, pudo verse flotando sobre las aguas. El perro aulló, alarmado. Seguro que alguien de entre la multitud salvaría al hombre de ahogarse. Lo habría hecho él mismo, si no fuera por su pata lastimada.

La gente estaba señalando y hablando a gran voz, cuando el hombre alto se levantó nuevamente, con la ropa ensopada adherida a su cuerpo musculoso. El perro vió como un luminoso rayo de sol atravesaba las nubes desde el este, para llegar a posarse sobre su cabeza mojada y brillante; el hombre alto era llamado por algunas de las personas, entre murmullos, Yeshua.

El hombre delgado dijo algo acerca del Espíritu Santo bendiciendo a su Amado Hijo, pero esas palabras no tenían sentido para el perro. Él simplemente estaba contento de que ese hombre llamado Yeshua no se hubiera ahogado.

Le gustó la manera en que ese hombre sonrió y estiró una mano, derramando gotas de agua. El perro sintió un cálido hormigueo en su pata lastimada cuando la mano de Yeshua alcanzó la multitud. Cuando Yeshua salió del río, el perro cojeando se dirigió hacia él. Siguiendo a una urgencia interna que no lograba entender, el perro se echó a los pies del hombre, para lamerlos.

"¿Y quién eres tú, pequeño amigo?" Dijo Yeshua, deteniéndose a acariciar el lomo del perro."Veo que tu pata duele. Arreglemos eso". Su mano descendió para acariciar la pata del perro, se detuvo en la rótula, para enseguida devolverla a su lugar. "Te llamaré Cherem, el abnegado. Tu eres devoto, más allá de toda devoción humana."

Cherem miró la cara del hombre y sintió que su dolor desaparecía. Estiró esa pata, la sacudió y enseguida saltó, para quedar con sus dos patas delanteras sobre los hombros de Yeshua, como le vió hacer al hombre del río. Quiso lamber el rostro barbudo en señal de gratitud, pero pensó que quizás sería muy audaz de su parte. En su lugar, bajó la cabeza para volver a lamer el pié de Yeshua. Un repentino temblor de alegría lo sacudió, como si le hubieran ofrecido un buen hueso con mucha carne.

Cuando el hombre se incorporó, sus ropajes mojados rozaron la trufa del perro. Cherem meneaba su cola con tal fuerza que parecía que la misma saldría volando en cualquier momento. Dió un pequeño brinco, como solía hacer cuando cachorro. Yeshua bajó la cabeza para mirarlo y se hechó a reír.

"Este perro necesita comida", dijo, y una de las mujeres que estaba parada en la orilla del río se acercó con una pieza de pollo cocida. "Gracias" dijo, mientras se agachaba a poner el pollo en la boca abierta de Cherem, "Y el perro también te agradece."

Como Yeshua comenzó a moverse en dirección del sendero, Cherem quieto lo seguía con la mirada. Su cola se movía más despacio y su cabeza bajó hacia el suelo. Quería seguir al grupo de mujeres y hombres que rodeaba a Yeshua. Pero se habían acercado tanto al hombre quien llamaban "Maestro", que Cherem ya no lo pudo ver más. Si bien ya no podía verlo, podía reconocer su olor en el aire y en la tierra. Y pensaba seguir ese olor adonde fuera.

Persiguió a Yeshua hasta que el grupo que rodeaba el Maestro se hizo más pequeño, y el camino a Canaán, más escarpado. Ahora, solamente una mujer y algunos hombres seguían al Maestro, y uno de ellos tomó una piedra para espantar a Cherem. A pesar del hombre que le tiraba piedras, Cherem se acercó al trote. De repente Yeshua miró a su alrededor y lo vió.

"¿Con qué todavía estás conmigo?"

Sus amigos gesticulaban para tratar de alejarlo.

"Déjenlo venir", dijo Yeshua, alcanzando al perro con su mano. "Los hombres podrían aprender mucho de él, acerca de la gratitud."

"Pero Maestro, el perro está sucio", dijo un hombre grande quienes los otros llamaban Pedro. "Así nos dicen los sacerdotes."

"Y ellos dicen lo mismo de las mujeres recién paridas", observó la mujer que había alimentado a Cherem y que ahora estaba parada cerca del Maestro. "Háblanos de la gratitud."

Su nombre era María, y Cherem gustaba de su aroma; como si ella fuera un campo lleno de flores y de hierba fresca. También le gustaba como le daba piezas de comida a escondidas de los otros.

Yeshua rió. "No nos hace sucios lo que nos ha sucedido o lo que somos" dijo. "Solo lo que sale de nuestros corazones y de nuestras bocas. Este perro, Cherem, será uno de nosotros a partir de ahora. Que todos mis discípulos puedan tener un corazón tan puro como el suyo. Y les digo que los puros de corazón, son los que verán a Dios."

En lo que concernía a Cherem, estaba viendo en Yeshua todo lo que necesitaba ver de Dios. Olfateó la brisa y el olor de su Maestro entró a su nariz, dándole un tremor de deleite.

Fue lo más dulce que jamás había olfateado y sintió que podría vivir de ello, como del aire.

Wedding Feast

CAPÍTULO DOS

SANACIONES

Yeshua dejó que su nuevo perro permaneciera cerca de él, mientras que con sus seguidores caminaban la vía polvorienta hacia Canaán. Mientras el grupo miraba el pueblo a la distancia, uno de ellos destacó lo pequeño que se veía. Otro comentó que era como cualquier otro pueblo pequeño, sin nada digno de ser recordado. Las casas tenían el típico techo chato, con las paredes blanqueadas de cal. Cherem se preguntó si los perros estarían permitidos adentro. Tuvo la esperanza de poderse sentar debajo de alguna mesa, donde hasta podría encontrar restos de comida.

El grupo de Yeshua y sus amigos fue recibido por un hombre parado en la puerta de una pequeña casa. Los pies del Maestro fueron lavados por un sirviente, para luego entrar en el fresco y poco iluminado interior de la misma. Había tanta gente reunida allí, comiendo y bebiendo, que Cherem logró meterse y encontrar un lugar debajo de una pesada mesa sin ser visto ni echado afuera.

Después de haber consumido todas las migas de pan y los trozos de cordero que pudo encontrar, Cherem miró desde debajo de la mesa y vió a Yeshua bendecir a una pareja de recién casados. Una mujer alta, de cabello canoso y que vestía un manto azul se acercó a Yeshua, para poner una mano en sus hombros y alejarlo con delicadeza de los otros. Cherem trotó hacia su Maestro y se detuvo a su lado mientras él hablaba con la mujer.

"Se quedaron sin vino", dijo ella. "Tú sabes, hijo, son personas pobres y no pueden permitirse servir vino a los invitados de la boda, menos aún a los amigos que han venido contigo. El anfitrión tuvo que agregarle agua a lo que les quedaba de vino y eso fue para él, una gran vergüenza.

"Madre, aún no es mi tiempo de hacer milagros", dijo Yeshua. "¿Quieres enviarme por ese camino tan pronto? Tú sabes cómo terminará."

La mujer de manto azul lo miró por largo tiempo a los ojos, y luego se dirigió hacia el dueño de casa. "Haga todo lo que él le diga", le comentó.

Yeshua pidió al dueño de casa de volcar agua en unos jarrones altos, y luego extendió sus manos, murmurando una bendición. Cherem no sabía lo que era el vino, pero pensó que cualquier cosa que el Maestro bendiciera, sin dudas sabría rico. Él miró hacia Yeshua, meneando su cola con mucha fuerza: sabía que algo importante había sucedido. Todos los presentes murmuraban entre ellos y señalaban en dirección a Yeshua.

El anfitrión tomó un sorbo de lo que había en los jarrones y sonrió. "Este es mucho mejor del vino que serví antes. La gente dirá que guardé el mejor vino para el final de la fiesta".

Y la gente así lo hizo. Sin embargo, estaban felices con lo que Yeshua había realizado, y bebieron hasta la última gota. Yeshua se unió a las danzas, pero probó apenas un sorbo del vino y ello solamente porque el dueño de casa había insistido. Cherem quedó sentado al lado de la pared, su cola golpeando el piso de arcilla. Miró a su Maestro bailar, agradecido de verlo feliz. Para Cherem, oírlo reír era el mejor regalo que podía imaginar. Podía saborear la alegría de su Maestro y estar tan satisfecho con ello, como si tuviera la pancita llena de comida.

Pocos días después, Yeshua y sus seguidores fueron a otra casa, donde fueron bien alimentados y donde Yeshua pudo hablar a las personas que llenaban la habitación. A pesar de lo tarde de la hora, nadie quería irse, ya que Yeshua había comenzado a sanar los enfermos. Hombres ciegos pudieron ver de repente. Mujeres sordas empezaron a oír. Niños pequeños que estaban muriendo de fiebres se sentaban y comenzaban a reír, bajo la bendición de sus manos.

Cherem escuchó un ruido encima de él, y de un salto, quedó sobre sus patas, ladrando alarmado. Desde un agujero del techo, algunos hombres estaban bajando a otro hombre, sobre una cama. Ese hombre era tan delgado y huesudo como Cherem, y sus piernas lucían incluso más débiles que su cuerpo. Una de las piernas estaba estropeada, justo como la de Cherem había sido.

El Maestro calmó a su perro con un gesto y se paró al lado del hombre encorvado.

"Tus pecados son perdonados", dijo Yeshua, tendiendo su mano hacia el hombre. "Sé feliz".

Algunas personas en la habitación murmuraron ante esas palabras, preguntándose cómo Yeshua podía perdonar pecados si solo Dios podía hacerlo. Pero Yeshua los miró con una ceja levantada.

"¿Ustedes creen que es más fácil perdonar pecados que decir levántate y anda? Miren bien."

Yeshua apoyó la mano sobre la pierna estropeada del hombre y la acarició suavemente, un toque que Cherem conocía bien. El hombre movió su pierna con cautela, para después ofrecer una luminosa sonrisa al Maestro.

"Ahora puedes caminar", dijo Yeshua sonriendo también. "Lleva contigo tu cama. Vé a tu casa, y dale gracias a Dios."

Las personas que habían murmurado en contra de Yeshua quedaron avergonzadas y en silencio. Cherem los miró duramente y memorizó sus facciones y olor. Si pensaban acercarse nuevamente a

Yeshua, se dijo a sí mismo, les gruñiría para asustarlos y así, alejarlos.

"Paz, Cherem", dijo Yeshua, agachándose para tocar la cabeza de su perro. "Ama tus enemigos y los míos. Es una de las enseñanzas que mis seguidores deben aprender."

CAPÍTULO TRES

ENSEÑANZAS

Al día siguiente el Maestró llevó a sus seguidores hacia adentro de las colinas, lejos del poblado. Era para contarles historias, les dijo. Yeshua impartía enseñanzas en sus historias, para que su audiencia no tuviera que aprender, para entender. Cherem disfrutaba de las historias, ya que algunas veces se hablaba de comida en ellas. Escuchó el relato de como los amigos de Yeshua debían de ser, como la levadura en el pan, y se lamió los bigotes. No estaba seguro de cómo podría ser levadura, pero sin dudas que gustaba mucho del pan, especialmente con queso de cabra encima.

Algunos de los invitados de la boda seguían al pequeño grupo, así mismo hacían algunos pobladores curiosos. Algunos perros también estaban atrás, esperando por algo de comida en el caso que la gente se detuviera a almorzar. Cherem trotaba al lado de Yeshua, y con frecuencia ojeaba hacia atrás, hacia los otros perros, queriendo gruñirles en el caso de que se acercaran demasiado. Entonces recordó lo que su Maestro había dicho y suspiró. Incluso esos perros merecían una oportunidad de disfrutar la presencia del Maestro, si es que había entendido a Yeshua correctamente. Uno de ellos se acercó, Cherem lo olfateó de manera amistosa y le permitió que se echara junto a él a los pies del Maestro, cuando finalmente Yeshua se sentó sobre una piedra.

Cherem escuchó a medida de que Yeshua hablaba, oyendo la palabra “bendito” muchas veces, pero sin saber que significaba exactamente. Ya que Yeshua la repetía tanto, él pensó que debería de significar algo bueno. Le hubiera gustado ser bendecido, y se imaginó sería algo así como ser alimentado de cosas ricas o ser acariciado en la panza por las manos gentiles de Yeshua.

"Benditos sean los amables, benditos sean los sencillos", dijo el Maestro. Y Cherem determinó que sería amable. Siendo un perro, ya de por sí era sencillo, pero había más en las enseñanzas de Yeshua que solo eso. Él debería estar en paz y no ladrar tanto. Cherem miró al perro que estaba a su costado, adormecido; el canoso hocico sobre sus patas. En lugar de despertarlo, Cherem decidió dejarlo en paz. Hasta puso un pedazo de pan cerca de la cabeza del viejo perro, para que el pobre tío tuviera algo de comer cuando despertara. Yeshua miró hacia abajo, a Cherem y le sonrió, esa fue toda la recompensa que el perro necesitaba. Sabía que había sido bendecido sin que nadie le dijera.

Mientras Yeshua estaba descansado en la ladera de una colina, fue alcanzado por unas madres con algunos niños. Los pequeños hacían mucho ruido, mientras hablaban y reían. Cherem se levantó de un salto, meneando su cola. Tenía la esperanza que los niños lo persiguieran, jugando, ya que le encantaba eso. Corrío y corrió alrededor de Yeshua, para después dirigirse hacia los niños; sus ancas levantadas y los codos en el suelo, sabiendo que los niños entenderían que quería jugar. Los amigos de Yeshua sin embargo estaban enojados y movían sus brazos en el aire.

"No molesten al Maestro", gritaban. "Él no quiere perder su tiempo con niños."

Cherem sacudió su cabeza, pensando que probablemente ellos pensarían que Yeshua tampoco quería perder tiempo con perros.

"Dejen que los niños vengan a mí", dijo Yeshua, y su mirada decía que estaba pronto a divertirse, así como muchas veces sucedía cuando Cherem quería jugar. "Si fueran más como ellos, serían más felices. Siéntante en mi regazo, pequeño", le dijo a un niño de tierna edad. Reúnanse alrededor mío todos ustedes. "¿Les gustaría escuchar un cuento?"

Y les contó la historia de un niño pastor que había salido a buscar una oveja perdida. El pastorcito se suponía que debía traer todas las ovejas de regreso a los predios de su casa por la noche. Pero una estaba perdida, una de las más chiquitas, y el chico estaba muy triste, pensando cómo debería de estar asustado el animalito.

Cherem entendia bien, ya que muchas eran las noches que había pasado escondido en las afueras sin saber siquiera si alguna vez, encontraría un amigo. Entonces el niño decidió dejar a las ovejas adultas volver solas, ya que conocían el camino a casa, y salió a buscar el corderito. Cuando lo encontró, lo alzó en sus hombros y lo llevó de regreso al lugar seguro donde dormían todas las ovejas.

A Cherem le gustó la historia tanto como a los niños, ya que le hizo recordar cómo Yeshua lo había encontrado y amado. Cuando envió a los pequeños de regreso con sus madres, Yeshua les dijo que los amaba tanto como el chico pastor a su corderito. Y así Yeshua me ama a mí, Cherem se dijo a sí mismo, feliz de que Yeshua le hubiera dicho a los niños que eran amados. Deseó que ellos lo recordaran, así como él lo haría.

Yeshua dirigió a sus amigos hacia el mar, donde uno de ellos, Pedro, tenía un bote pesquero que usarían para cruzar hacia otro poblado. Cherem nunca se había subido a uno, y por ello vaciló unos momentos. Sintió como levantaba viento y miró ansiosamente como las olas rompían en la orilla rocosa. Pero Yeshua lo animó a seguir adelante, llamandolo perrito valiente cuando Cherem logró treparse al bote. Cherem para nada se sentía valiente, y se apiñó a los pies del Maestro. Pedro remó con fuerza y el barco zarpó rápidamente hacia las olas, cabezeando y sacudiéndose hasta que Cherem se sintió un poco mareado y con el estómago revuelto.

Yeshua estaba cansado de dar tantas charlas e hizo lo que Cherem quería hacer. El Maestro procuró dormir, apoyando su brazo sobre un costado del bote, y su cabeza sobre el brazo. El barco se mecía cada vez más. Cherem gimió suavemente y escondió su cabeza entre las sandalias de Yeshua, cerrando sus ojos para no ver las nubes grises cargadas de lluvia, que cruzaban rápidamente por el cielo. Quiso despertar al Maestro, pero sintió que no era apropiado hacerlo. Si los perros odian ser despertados de repente, Cherem imaginó, los humanos han de odiarlo aún más.

Pedro finalmente gritó, al momento en que las velas se abultaron; cuando la pequeña embarcación estuvo a punto de darse vuelta. "Maestro, nos estamos hundiendo. Despierta antes de que muéramos todos".

Cherem quedó de pie de un salto, y sintió como Yeshua se movía, justo a tiempo. Los truenos parecían explotar y las centellas iluminaban el cielo, pintando a rayas las nubes grises. Cherem miró por sobre el costado del bote y dejó caer la cola entre sus patas en señal de terror, a la vista de las altas olas coronadas de espuma blanca que se elevaban alrededor de ellos.

Permaneció cerca de Yeshua, pensando que si el bote se fuera a pico, él quizás podría arrastrar a su Maestro a salvo. Cherem era un buen nadador. Había cruzado el Jordán muchas veces y se sintió tan fuerte como el mar. Para salvar a Yeshua, lo arriesgaría todo. Lanzó una mirada a su Maestro y entendió que no era necesario hacer nada. Se echó nuevamente a los pies de Yeshua, metió su patas traseras debajo de su hocico, formando un perfecto círculo con su cuerpo. Yeshua estaba a cargo , pensó entre sueño. Nada que temer.

"Pedro, ¿Tan poca fé tienes?", Dijo Yeshua, su voz tan suave como si estuviera en un campo, recogiendo maíz. Levantando su mano y ofreciendo su rostro a los elementos, Yeshua murmuró:

"Callen, ahora. Sean en paz."

Cherem sintió un cambio repentino en el aire y levantó su cabeza para mirar a su alrededor. Las olas se aplacaron y el vento cesó de soplar sus orejas hacia atrás.

"¿Qué clase de hombre es este?", Cherem escuchó cómo uno de los amigos de Yeshua susurraba, "¿Que hasta el viento y el mar le obedecen?"

Cherem pudo haberles dicho. El Maestro era un hombre como no había otros. Sus palabras eran una con sus acciones, trayendo paz y calma donde antes había caos y miedo. Si los amigos de Yeshua pudieran entender como él entendía, pensó Cherem, ellos tendrían más fé en el Maestro. Él trataría de mostrarles lo que era la fé siendo un perfecto servidor de Yeshua. Quizas entonces ellos podrían aprender de un perro lo que no lograban aprender por sí solos.

Una vez alcanzada la orilla, los hombres del barco parecían ya haber olvidado todo lo que Yeshua había hecho. Solo podían pensar en alejarse de las aguas donde casi se habían ahogado. Corrieron hacia la playa, trayendo el bote con ellos. Yeshua quedó parado sobre la costa rocosa, curvándose para acariciar la cabeza de Cherem.

"Pide, y se te dará", dijo, tanto para el perro como para sus otros amigos. "Cree en mí, y no te fallaré."

Cherem soltó un solo, agudo, ladrido; queriendo hacer saber al Maestro que él creía y confiaba. La confianza era su fuerte. De los otros, parados en la orilla formando un círculo, no podía estar seguro. Ellos hablaban y gesticulaban, felices de estar a salvo pero sin estar muy seguros de cómo esa salvación se había logrado. Echaron una mirada rápida hacia Yeshua y Cherem, con el seño fruncido. Lucían cómo si tuvieran miedo de creer, y quizás, pensó Cherem, así era. En lo que a él se refería, entendía que Yeshua lo podría lograr todo, y creería en el Maestro hasta su último aliento.

Si bien el perrito creía en Yeshua, sabía que no era así para muchos otros. Por lo tanto, se quedó muy sorprendido por lo que sucedió un día cuando Yeshua, junto a un soldado Romano, fue a Cafarnaúm, ante la solicitud del hombre. El soldado era una persona importante y seguido por muchos. Cherem sabía por experiencia que los soldados nunca miraban donde pisaban. Se mantuvo por ende, lejos de la marcha militar, pero siguiendo de cerca a Yeshua.

“Mi sirviente está temblando de fiebre y dolorido”, le dijo el hombre al Maestro. “Temo que esté por morir. Por favor señor, venga conmigo y cúrelo. Sé que con una sóla palabra suya, mi sirviente será sanado. Cuando yo le digo a alguien de hacer algo, él lo hace. Conozco lo que es el poder. Sé que usted, señor, tiene más poder de lo que yo podría soñar”.

Yeshua detuvo sus pasos para apoyar su mano en el hombro del soldado, si bien sus seguidores murmuraron que él no era hijo de Israel, “No he encontrado fé más grande que la de este Romano”, dijo Yeshua. “Muchos vendrán de otros lugares, además de Israel, para entrar a mi reino. Él es el primero. Centurión, vuelve a tu casa. Tu sirviente te esperará en la puerta”.

Cherem se alegró de escuchar esas palabras, ya que deseaba que la mayor cantidad de humanos posibles entrara al reino del que Yeshua hablaba tantas veces. Si eso era lo que su Maestro quería, eso era lo que quería el perro también.

Pero aquellos que no amen a los demás como Yeshua enseñaba, nunca entrarían a su reino. Cherem aprendió eso cuando el Maestro y sus amigos se cruzaron con dos hombres poseídos por demonios. Eso al menos, fue lo que los amigos de Yeshua dijeron, al ver que esos hombres desnudos, cubiertos de suciedad, le lanzaban alaridos a Yeshua. Los amigos del Maestro los señalaban, diciendo que estaban poseídos por demonios. Fue por ello que fueron a esconderse detrás de antiguas y derruídas tumbas, otrora casas de muertos.

"¿Para qué viniste a atormentarnos, Yeshua de Nazareth?" Gritaron los hombres, rasguñándose a través de su largo, apelmazado cabello. "Nadie puede pasar por esta vía, hasta que sirvan el demonio en nosotros."

Yeshua detuvo su caminar, y Cherem se paró delante de él, gruñiendo despacio, para que los hombres entendieran que no debían acercarse más.

"Solo sirvo a Dios", dijo Yeshua con voz calma, "¿Debería alejar los demonios que les poseen, para que también puedan servir a Dios?"

Los dos feroces, furiosos hombres se miraron entre ellos, como si no supieran que responder. Luego gritaron aterrorizados. "Yeshua, ¡Quien eres el Hijo de Dios! ¿Para qué vienes a atormentarnos?"

Extendiendo sus manos hacia ellos, Yeshua dijo: "Yo libero a estos pobres hombres de sus sufrimientos. Ustedes, espíritus del mal, los dejarán en paz de aquí en más".

Las voces de los hombres sonaron horribles y duras, no parecían en nada humanas. "Entonces envíanos a esa manada de cerdos que está comiendo cerca de ese acantilado".

"Vayan", dijo el Maestro. Cuando los espíritus malignos los abandonaron, los hombres se arrodillaron en el suelo, a sus pies; sus rostros felices como rostros de niños.

Los cerdos mientras, comenzaron a chillar y a pisotearse, empujándose tanto hasta que todos los animales cayeron del acantilado, al mar. Los hombres que los estaban cuidando corrieron hacia el poblado, chillando también como sus cerdos. Cherem se preguntó quien se había llevado lo peor, si los porqueros o los cerdos. Él nunca había comido carne de cerdo, ya que toda su vida la había pasado entre gente que no comía cerdos. Se preguntó si era porque los cerdos eran inteligentes y con sentimientos, justo así como los perros. Esa sería una buena razón para no comerlos, sintió Cherem.

Yeshua y sus amigos decidieron no llegar hasta ese poblado, sino acampar allí mismo, cerca de las tumbas. No había nada que temerle a la muerte, según el Maestro. Esa noche, Cherem no estuvo tranquilo, y se paseó todo el tiempo del campamento hacia el camino, para adelante y para atrás. A la distancia, podía escuchar el sonido de voces de hombres. Rápidamente esos hombres se acercaron al campamento del Maestro y lo llamaron.

"Aléjate de nuestras costas", rogaban a Yeshua. "Has destruido nuestro modo de vida. Ya no podremos criar cerdos. ¿Quién sabe que más podrás destruir? Por favor, déjanos, y vuelve a los Judíos".

Yeshua asintió, pero sin hablar. Regresó al bote y le señaló a Pedro que deberían cruzar el mar nuevamente.

"Estos hombres no tentarán nuevamente con carne de cerdo a los hijos de Israel", dijo.

"Hubiera querido bendecirlos, pero les temen a las bendiciones. Quieren escapar de Dios, sin conocerlo. Es más fácil escapar."

Cherem apoyó su cabeza en el regazo de Yeshua mientras el bote zarpaba. Su Maestro miró hacia atrás, hacia las personas que no lo querían y sacudió su cabeza en un gesto de tristeza. Era duro, Cherem sabía, ser alejado. Él quería que su Maestro supiera que, no obstante los hombres lo rechazaran, habría alguien que siempre tendría fé, a pesar de todo.

“Siempre seré tu perro”, le dijo a Yeshua, sin usar palabras.

“Lo sé”, respondió Yeshua, rascando a Cherem detrás de las orejas, el lugar donde más le gustaba a Cherem ser tocado. “Tu y yo estamos juntos de por vida”.

CAPITULO CUATRO

DESPERTARES

Pedro era un pescador, pero en ésa noche en especial, no tuvo suerte alguna. Su red volvía vacía todas las veces. Finalmente, trajo el bote de nuevo a la orilla y bajó. Yeshua puso una mano sobre el brazo de Pedro.

"Vé e intentalo de nuevo", dijo. "Cherem irá contigo."

Los amigos de Yeshua estaban exhaustos, y algunos de ellos quedaron dormidos en la playa. Pero Pedro y algunos otros subieron nuevamente al bote. Navegaron un buen rato, antes de que Pedro bajara de nuevo las redes, explicando a su hermano que era Yeshua quien le había pedido de seguir pescando. Mientras hablaba, Pedro entornaba los ojos, dejando entender a su hermano de que ni por un instante pensó que pescaría algo.

A Cherem le ofendió ese entornar de ojos, ya que él jamás se hubiera cuestionado una órden del Maestro. De pronto, todas las redes se llenaron de pequeños peces, serpenteando brillantes y Pedro apenas podía arrastrar su pesada captura al bote.

Cherem notó en un momento que Yeshua ya no estaba esperando por ellos en la costa. Giró su cabeza y espió como Yeshua estaba cerca del bote, de pie sobre la superficie del agua. El perro soltó un ladrido agudo, para alertar a los hombres que estaban a su lado. Luego tensó su cuerpo, listo para saltar afuera del bote y nadar. Si Yeshua necesitaba ser rescatado, Cherem pensó, su perro estaba pronto para la tarea.

"Quédate en el bote, Cherem", ordenó Pedro. "No toques mis peces. Maestro, ¡Espera! Quiero ir contigo."

Pedro estaba tan entusiasmado que parecía no entender que había agua todo a su alrededor. Trepó fuera del bote y comenzó a caminar sobre el agua, con los ojos fijos en Yeshua. De repenté, pareció entender que estaba sobre agua y no, tierra.

"Maestro, auxilio", gritó, su boca llena de agua.

Cherem rescues Peter

"Me hundo".

Yeshua sacudió su cabeza. "Deberías de tener más fé, Pedro. Primero, creíste que ningún pez llegaría a tu red. Luego pensaste que no podrías caminar conmigo sobre las aguas. Y cuando lo pensaste, porsupuesto te hundiste."

Gesticulando hacia su perro, Yeshua dijo en voz alta, "Vé Cherem. Salta y salva a Pedro."

Cherem supo que cualquier cosa que Yeshua dijera, sería más importante que la orden que Pedro le había dado. Por ende saltó al agua y nadó hacia el hombre que se estaba ahogando. Pedro era bastante más grande del perro, pero Cherem tenía fé en que el Maestro lo fortalecería para la tarea. Y Yeshua sin dudas así lo hizo, ya que Cherem logró tirar a Pedro hacia el bote.

Yeshua paseó a través de las olas como si las mismas fueran simplemente, arena ondulante. Llegó al bote y golpeó la espalda de Pedro hasta que el hombre tosió toda el agua de sus pulmones.

"Buen trabajo Cherem", le dijo a su perro, mientras este se sacudía el agua de encima. "Ahora Pedro, ¿Que dirías de converirte en otro tipo de pescador?"

"No lo sé," jadeó Pedro. "¿Qué tipo?"

"De ahora en adelante", dijo Yeshua, "pescarás hombres, no peces".

"¿Y si la gente no quiere que los pesque?" . Pedro se sentó lentamente y estrujó su cabello para quitarle el agua.

"Algunos querrán, otros no", respondió Yeshua. "Tu trabajo es simplemente el de contarles mis buenas nuevas. Sanarlos y amarlos. Dios hará el resto".

Cherem se preguntó si Pedro estaba pronto para la tarea que Yeshua le había encomendado. El pescador parecía demasiado rápido en el habla y en acciones, casi como el mismo Cherem. Yeshua había dicho muchas veces a sus amigos de no juzgar a nadie. Decía que las personas tienden a juzgar los demás por las exactas faltas que ellas mismas tienen. Cherem bajó su cabeza. Aquí estaba, a pesar del mensaje de su Maestro, pensando mal acerca de Pedro, por los errores que él mismo había cometido.

Yeshua le sonrió, y Cherem supo que el Maestro estaba complacido, porque al menos uno de sus seguidores, su perro, había entendido sus enseñanzas.

Yeshua estuvo otra vez en problemas, apenas el bote tocó nuevamente tierra en el suelo de Judea. Fue invitado a cenar con un hombre muy rico, quien recaudaba más impuestos de los que debía. Cherem no entendía todo lo que éste hombre, llamado Zaqueo, había hecho mal, pero pudo entender que a ninguno caía bien. El perro intentaba anteponerse entre Yeshua y el bajo, rollizo recaudador de impuestos, pero Yeshua alcanzó al hombre de todas formas. Queriendo decirle a su Maestro que el hombre olía tan mal como pescado muerto por mucho tiempo, Cherem gimoteó y se inclinó sobre la rodilla de Yeshua.

"Está todo bien Cherem", dijo Yeshua. "Zaqueo será nuestro anfitrión para la cena.

Él tendrá un hueso para tí."

El perro se aquietó, recordando las palabras de su Maestro acerca de no pensar mal de otros. Trotó mansamente cerca de Yeshua todo el camino hasta la casa del recaudador de impuestos. Mientras llegaban a la mansión de Zaqueo, muchas personas se iban congregando alrededor y murmurando en contra de Yeshua.

"¿Porqué él come con pecadores?", la multitud le preguntó a los amigos de Yeshua.

"¿Él no sabe que Zaqueo ha robado nuestro dinero?"

Yeshua se detuvo antes de entrar a la casa y dirigiéndose a la multitud, dijo: "Deben de entender que he venido a curar los pecadores. Las personas sanas no necesitan doctor.

Sin embargo, deseo que ustedes miren en sus propios corazones, ustedes quienes odian este hombre. Dios les pide que tengan piedad, no solamente que hagan sacrificios. Tengan piedad de Zaqueo, y será para ustedes, como si yo hubiera venido a vivir en vuestras casas."

Dicho eso, la multitud se dispersó, y Cherem siguió al Maestro en la casa del recaudador de impuestos, esperando al prometido hueso. Perdió la cuenta de cuanto durmió después que masticó el hueso que el sirviente de Zaqueo le diera. Yeshua quizás hubiera precisado de su protección, y ahí estaba, durmiendo en el trabajo. Escuchando una conmoción en la puerta, Cherem quedó de pie de un salto, golpeando su cabeza contra la mesa. Un hombre que tenía el aspecto de un rey llegó a la casa del recaudador de impuestos, anunciado por un gran número de asistentes, vestidos de ropajes lujosos.

El hombre sin embargo, no actuaba como rey. Cayó a los pies de Yeshua y se echó a llorar. "Maestro, mi hija está muerta. Pero ven a mi casa de todos modos y tócala. Eso es todo lo que necesitas hacer, y ella vivirá."

Cherem se preguntó qué haría este hombre importante si Yeshua no lograra traer a su hija de vuelta a la vida. ¿Se enojaría? Cierto era que su Maestro ya había traído de regreso a la vida a una persona, antes. Sin embargo, si Cherem sabía algo acerca de la muerte, era que no era un asunto sin importancia, como arreglar una rótula. Pero Yeshua se levantó de inmediato y saludó al recaudador de impuestos, agradeciéndole por su comida. Como todos los otros seguidores de Yeshua, el recaudador de impuestos se coló detrás del Maestro y sus amigos, mientras estos se dirigían a la casa de ese importante hombre.

A través de todo el poblado, corrió la noticia de que Jairo, el hombre rico cuya hija había muerto, le había pedido a Jeshua de ir, para traer a su hija de regreso de dondequiera que la muerta hubiera ido. La gente llegaba corriendo detrás del Maestro, preguntando a gritos. Según Cherem, no parecían amigables. Cabizbajo, el perro se mantuvo entre Yeshua y la multitud.

"La chica está muerta", gritaban. "¿Qué crees que puedes hacer, Yeshua de Nazareth?

¿Eres el mismo Dios? ¿Quién más puede levantar a los muertos?"

"La niña no está muerta", Yeshua le dijo a la gente. "Solo está durmiendo, como todos los muertos antes que Dios los convoque ante Él."

La gente se rió de él, insultándolo, y Cherem sintió como se erizaban los pelos de su lomo, mientras gruñía una advertencia. Deja que uno de estos hombres groseros se acerque a su Yeshua, y su tobillo se convertirá en carne cruda. Eso fue lo que Cherem se juró a sí mismo, manteniéndose cerca de su Maestro mientras entraban a la casa, una aún más grandiosa que la del recaudador de impuestos. Este hombre de la hija muerta sin dudas que era muy importante, pensó Cherem, mirando hacia las altas columnas que flanqueaban la entrada y a los finos brocados de seda que colgaban de las ventanas.

La muerte le era familiar a Cherem, porque ya había visto antes otros perros sin vida, a los costados de las carreteras. Una vez que un perro quedaba tieso, no se volvería a mover. Eso era un hecho. La muerte era el fin. Cherem era realista y sabía que una vez que la vida había terminado, nada más se podía esperar.

El hombre importante y su esposa en lágrimas acompañaron a Yeshua a la habitación donde yacía la hija muerta sobre una mesa. Ya los dolientes se habían congregado con sus instrumentos musicales, que soltaban penosos sonidos. Las mujeres gemían y razgaban sus ropas.

Para Cherem, la escena era desesperanzadora. La niña, de mejillas redondas y bonita aún en la muerte, no se volvería a mover. Cherem olfateó su brazo, que colgaba de la mesa, pálido y frío. Yeshua debería olvidar esta sanación, pensó el perro. La pequeña no va a regresar. Como los perros que había visto en las carreteras, estaba muerta, como una piedra.

Yeshua envió a todos, menos a Cherem, al otro lado de la habitación. Después se inclinó y exhaló sobre el cuerpo de la niña, su rostro cerca del de ella. El perro nuevamente tocó el brazo de la niña y sintió como se entibiaba y movía.

"Sientate pequeña, y toma mi mano. Tu padre te está esperando", dijo Yeshua.

La niña hizo como le fue indicado. Lucía somnolienta y se restregó los ojos, mientras Yeshua la conducía hacia sus padres. Cherem trotó detrás de ellos, moviendo su cola y con la cabeza en alto. Que nadie vuelva a decir que su Maestro no podía levantar a los muertos.

Como si hacer volver a la vida los muertos no fuera suficiente para probar que Yeshua era Dios, al día siguiente conmocionó a una multitud de gente haciendo aparecer comida de la nada. Cherem y todos los demás sabían que la comida era algo difícil de encontrar en esos días. La mayoría de las personas vivía en el borde de la hambruna, y si eras un perro, era más fácil que pasaras hambre, que lo contrario. Por ende, el alimento era importante. Como el agua, el pan era vida.

Junto a todos los amigos de Yeshua y una multitud de hombres, mujeres y niños, Cherem trepó a una colina donde todos decidieron descansar y escuchar las palabras del Maestro, palabras que Cherem nunca se cansaba de oír. Se sentó a los pies de su Maestro y levantó sus orejas, no queriendo perder nada.

"Vengan a mí y descansen, ustedes que están cansados y preocupados", dijo Yeshua. "Entenderán que mi carga es liviana."

Cherem entendió lo que Yeshua quería decir. Nada era duro si el Maestro estaba allí, amándote. Sin embargo, el hambre estaba acalambrando su panza, y las palabras no eran comida. Cherem levantó la vista hacia Yeshua, quien finalmente había culminado de hablarle a la multitud.

"Sé que están con hambre", dijo Yeshua a los cientos de personas que estaban reunidas a su alrededor. "¿Alguien trajo consigo comida?"

Cherem lloriquió un poco y tuvo la esperanza de que alguien respondiera. Su estómago parecía haberse pegado a su columna vertebral, y dolía. Un niño se puso de pie, para poner dos pancitos y cinco pequeños peces tilapia en las manos de Yeshua.

"¿Esto es todo?" Yeshua miró a la gente congregada. "Bien, entonces el regalo de este niño será nuestra comida". El Maestro cerró los ojos y habló en voz baja, "Padre, dános nuestro pan de cada día".

Alrededor de ellos, las personas abrieron sus bolsas para sacar lo que habían traído. Cherem casi no podía creer a sus ojos. Las bolsas parecían no tener fondo de delicias: carnes frías, pan, queso de cabra. El perro se lambió los bigotes. Era un festín. Yeshua extendió sus brazos, bendiciendo el pequeño regalo del niño, lo que se convirtió en la montaña de comida que hubiera alegrado el matrimonio de cualquier hombre rico. La gente se levantaba para colocar su propria comida en la pila. Cherem quedó sin saber que era lo que Yeshua había producido, y que era lo que había sido traído por la gente misma.

"El reino de los cielos es como levadura", dijo Yeshua mientras bendecía el alimento.

"Den lo que les ha sido dado y mucho más llegará a su vez. Siembren vuestra semilla, y crecerá entre las malas hierbas. Muchos serán alimentados de vuestros campos."

Las personas comieron hasta que estuvieron repletas, y así hizo Cherem. Cuando terminaron, fueron con sus canastos a recolectar hasta la última miga, para llevar a sus casas. Algunas de ellas hablaban de la comida como si fuera maná en los campos yermos[1] pero Cherem no entendía que era eso. Para él, solamente era alimento. Se podía contar con Yeshua para que proveyera a las necesidades de sus amigos, y Cherem estaba feliz de ser uno de ellos.

En ese tiempo, Yeshua supo que un querido amigo suyo, Lázaro, estaba muy enfermo. Las hermanas de Lázaro querían que Yeshua fuera a la casa de ellos, para curarlo.

Cherem recordaba a esas hermanas porque durante la última visita de Yeshua a esa casa, ellas tuvieron una pelea. Martha estaba muy ocupada en la cocina, quedando toda roja y sudorosa mientras preparaba la cena. Le había tirado al perro algunas sobras, por ello Cherem tendía a estar a su favor cuando María se rehusó a ayudarla en cocinar y servir. María estaba ocupada en aprender del Maestro, sentada a sus pies como los discípulos.

Martha finalmente perdió la paciencia y gritó desde la puerta de la cocina: "Maestro, mi hermana debería venir a ayudarme, en vez de estar sentada como un hombre, sin hacer nada."

---

[1] N. del T. Según referencias geográficas y bíblicas respectivamente, las áreas yermas y estériles del sur y este de Palestina, donde los Israelíes vagaron por mucho tiempo antes de llegar a la Tierra Prometida, y donde Dios los alimentó con Maná, haciéndolo caer del cielo.

Yeshua rió suavemente, ya que no quería hacer enojar aún más a Martha.

"Deja tranquila a María", dijo. "Ella te ayudará más tarde, como yo lo haré. Por ahora, ella ha elegido estar conmigo, y eso es cosa buena." Martha se sintió avergonzada y regresó a servir la comida. Después que Yeshua cenó, elogió lo rica que era la comida que Martha había preparado, entonces Martha se sintió mejor y Cherem recibió sobras extra.

Ahora, la pelea entre las dos mujeres había terminado, ya que María había aprendido de Yeshua que lo mejor que podía hacer por él, era servir a otros. Desde que el hermano se había enfermado, las dos mujeres lo habían cuidado y juntas hacían las tareas de la casa. María ya no eludía sus labores.

Ambas mujeres lucían pálidas y maltrechas cuando Yeshua y sus amigos, Cherem incluído, llegaron a su casa.

"Maestro, si hubieras llegado aquí antes, nuestro hermano Lázaro no hubiera muerto" explotó Martha, lágrimas rodando por sus mejillas.

Yeshua quedó inmóvil, con ojos húmedos. "¿Entonces Lázaro se ha ido? Hermanas mías, estoy de duelo con ustedes. Llévenme adónde él yace."

Atravesaron un viñedo, hasta llegar a una tumba de piedra que había sido tallada en un acantilado. Yeshua pidió que todos quedaran atrás, a excepción de Cherem. Juntos se dirigieron a la tumba de Lázaro. Cherem deseaba poder lamer las lágrimas de Yeshua, para aliviarlo, pero no alcanzaba tan alto. Por lo tanto, se conformó con lamerle un pie. El perro percibió como Yeshua se llenaba de tristeza, así como si hubiera sido la suya propia.

"Aparten la piedra", le ordenó Yeshua a Pedro y a Santiago, dos discípulos grandes y fuertes. "Me acercaré a la tumba."

Ellos le temían mucho a la muerte y hasta parecía que esta, era contagiosa. Le rogaron a Yeshua de no acercarse al cadáver, pero el Maestro fue firme.

"Muevan la piedra", repitió, y así lo hicieron los dos discípulos, con grandes quejidos y mucho esfuerzo.

Yeshua los apartó, para quedarse parado en frente a la entrada de la tumba. "¡Lázaro, sal!", dijo, con una voz tan fuerte, que asustó a Cherem. Las palabras de Yeshua resonaron, atravesando el hueco de piedra en donde estaba guardado el cuerpo. El perro lloriquió y se echó, poniendo sus patas sobre su hocico. El aire de la tumba olía a dulce y nauseabundo, el peor tipo de olor.

Salió de la tumba una figura blanca, envuelta en mortajas, que quedó de pie a la luz del sol, retirando las telas de su rostro. Yeshua corrió hacia el hombre, y lo abrazó, sin preocuparse del olor horrible. Cherem se echó hacia atrás, queriendo saber lo menos posible de la muerte y de los feos olores.

Martha y María también llegaron corriendo, y los cuatro quedaron allí, juntos, abrazándose y riendo. A los humanos parecía no importarles el olor, pero Cherem mantuvo su distancia, ya que no le gustaba en absoluto. Cuando las hermanas terminaron de lavar a su hermano, poniéndole ropa limpia, el olor se fue y Cherem bailó alrededor del que fue muerto, celebrando su regreso a la vida. Lázaro fue generoso en comida, ya que estaba feliz de ya no estar muerto, sin escatimar en sobras para el perro, mientras hablaba con Yeshua acerca de cómo fue estar muerto.

El Maestro escuchó con atención mientras su amigo hablaba, y cuando Lázaro quedó en silencio, Yeshua dijo: "En la casa de mi padre hay muchos lugares felices preparados para tí. No temas aquello que pueda matar el cuerpo, solamente aquello que puede matar el alma. La muerte es solo un instante entre esta vida y el paraíso del Padre. Por ello, no estés triste cuando yo muera. Entiendan que moriré para que ustedes vivan."

Los amigos de Yeshua se miraron entre ellos preocupados, ya que ellos sin dudarlo miraban la muerte como Cherem lo hacía. Para ellos, la muerte era el fin. Pero Yeshua les dijo que era solamente el comienzo de la vida. Cherem le creyó, ya que el perro había visto mariposas salir de vainas grises y muertas, para ir volando hacia el cielo. Ya había visto varias personas volver a la vida y sabía que nada era lo que parecía. El mundo más grande era el real, y el mundo pequeño, el que los hombres y los animales percibían, era solo una pieza, de un enorme mosaico.

ento. Así fue como se encontró con Yeshua, cre-
endo.

En el tiempo en que Yeshua le dijo a sus segui-
ores que debería morir, para que ellos vivieran,
s llevó a un alto monte llamado Tabor. Parecía la
roba de un camello. Cherem no estaba nada con-
nto con la idea de tener que subir a tan alto y
carpado lugar, pero si eso era lo que Yeshua
ería de él, eso haría.

Solo unos pocos de los amigos de Yeshua fue-
n con ellos, y Cherem tuvo la impresión que, lo
e harían en ese monte, sería demasiado para que
diera ser entendido por la mayoría de los segui-
res de Yeshua. El clima estaba caluroso y cuando
garon a la cima del monte Tabor, todos, excepto
hua, se acostaron en el suelo, jadeando y su-
ndo. Yeshua se fue a rezar, ya que no parecía
ar cansado y Cherem fue con él.

De repente, un brillante rayo de sol se abrió pa-
a través de una nube e iluminó la figura del
stro. Cherem quedó levantado de un salto y
ó. Quería asegurarse de que Yeshua supiera de
algo raro estaba sucediendo. Atraídos por los
idos del perro, los amigos del Maestro llegaron
iendo, para enseguida caer de bruces sobre sus
ros, llenos de miedo. Como Cherem, podían ver
minosa figura de dos hombres, uno a cada lado
eshua.

Moisés", gritó Pedro. "¡Tienen que ser Elías y
és! Hagamos altares para estos santos."

herem gimió y puso su largo hocico entre sus
delanteras. Quienquiera fueran estos llame-
amigos de Yeshua, atemorizaban. Él no quería
altares. Solo quería que se fueran, para poder
de regreso a su Maestro. Después de un rato,
fueron y solo Yeshua permaneció.

Io teman", dijo a sus amigos. "Y no digan a
lo que han visto hasta que yo me levante de
uertos."

CAPÍTULO CINCO

PROFUNDIDADES

"¿Podemos ser nosotros los primero lo, sentados a tu lado?", preguntaron seguidores. Sus ojos brillaban esperar pectantes. Cherem no lograba ente habían podido ser tan audaces. Hubier quitarse a mordiscos su propia pata, an tar a su Maestro de ese modo.

"No me pertenece darles esa posici dijo Yeshua. "Aquellos que ahora son ú los primeros en el reino de Dios. Inte mos, ser humildes. El reino que y opuesto a los reinos que ustedes con la tierra."

Cherem meneó su cola, feliz de humildes tendrían un lugar en el rein hua hablaba tantas veces. Él entendi estaba poniendo al mundo de cabeza.

Algunas personas no querían q fuera en nada diferente. Les gustaba tampoco tenían deseo alguno de mismos. Ellos hacían lo que sus le hacer, y si hubiera habido algo más ra querido de ellos, tampoco escucharlo. Yeshua les estaba dicie mientras ellos querían seguir así co lo más fácil.

Cherem entendía cómo se sen mienzos de su vida, todo era más madre lo alimentaba desde su cue creció, tuvo que aprender a busc

Aquí vamos otra vez, pensó Cherem, temblando de un miedo aún mayor del que sintió cuando los dos luminosos extraños aparecieron al lado del Maestro. Yeshua estaba diciendo que moriría. No, pensó Cherem, dejen que yo muera, pero no él.

El Maestro comenzó a viajar hacia el sur, hacia la gran ciudad donde estaba el Templo. Cherem no tenía idea de lo que sería un templo, ni de porqué alguien quisiera ir allí. Para él, estar con Yeshua en la carretera abierta era más que suficiente. Pero Yeshua decía a sus amigos que esa travesía era algo que él debía hacer.

También les dijo algo muy extraño. "A menos que no me tomen como alimento, no tendrán mi vida en ustedes."

Cherem gimoteó al escuchar esas palabras, ya que el solo pensar de morder a su Maestro, le hacía venir ganas de correr a esconderse.

Uno de los amigos de Yeshua dijo que no podía tolerar la idea de comer la carne de su Maestro. Algunos otros miraron larga y tristemente a Yeshua, antes de marcharse.

"Traten de entender", dijo Yeshua. "Soy la propia fuente de lo que ustedes son. Comiendo mi carne y bebiendo mi sangre, les doy mi vida."

Cherem entendió algo, pero no del todo. Cuando Yeshua le dá de cenar, ese alimento se convierte en parte del cuerpo del perro. El trigo del pan, la carne de los animales: todo ello es un regalo, símbolo del regalo de la creación toda, toda vida en la tierra. Yeshua era el mundo entero, ofrenda en la mesa de Dios. ¿Quién podría negarse a consumir tal regalo, tal festín? ¿Por qué alguien quisiera? Cherem quería ser parte de su Maestro, cualquiera fuera la forma de serlo. Solamente Yeshua podría lograrlo. Solamente Yeshua podría dar su propio cuerpo para la vida en el mundo, para que el mundo aprendiera a amar como él lo hacía.

Muchos de los seguidores de Yeshua murmuraron entre sí y se apartaron, actuando como si deberían de estar en otro lado, en vez de allí. Cherem quería decirles de solamente, tomar su palabra. De tener fé y abrir sus bocas como polluelos, para recibir lo que él les daba. Pero Cherem no tenía palabras.

Yeshua miró con tristeza a los seguidores que habían quedado. "¿Ustedes también partirán?"

Cherem quería aullar. ¿Cómo se podía abandonar a alguien tan único como Yeshua?

Él temía ser el solo amigo que le quedara al Maestro.

Pedro se detuvo y miró a Yeshua a los ojos. "¿A quién iríamos?" Preguntó en voz baja. "Tú eres el único que nos dice la verdad. Para nosotros, no hay nadie, si no tú."

Los amigos de Yeshua comenzaron a entender lo que vendría, sin embargo, no podían creerlo. Cherem entendía el motivo. Perder al Maestro era la peor cosa que podía suceder, y era por ello que Yeshua los estaba preparando. Les contaba las cosas de a poco, sabiendo que eran incapaces de tolerar el escucharlo todo de una vez.

"Cuando el templo se derrumbe", dijo, "Lo reconstruiré en tres días."

Dijo esas palabras al avecinarse a la colosal ciudad de David, el lugar que los amigos de Yeshua llamaban, el más sagrado de toda la tierra.

"Quieres decir que el Templo de David, el Gran Rey, ¿Colapsará?", preguntó Judas. Judas estaba muy preocupado por el Templo, y por el futuro de la Tierra Santa, la que había pertenecido al Rey David.

Cherem podía ver imágenes de guerra y muerte en la mente de Judas. El hombre quería que Yeshua llevara el pueblo de Israel a la batalla contra los soldados Romanos. Habiendo visto la furia de los soldados, matando gente indefensa, Cherem pensó que Yeshua encontraría otra manera. El asesinato no era algo que Yeshua recomendaba.

"Adelántese a mí en Jerusalén", dijo el Maestro. "Encuéntrenme un asno y díganle al dueño que lo necesito. Ha llegado el tiempo en que debo finalizar el trabajo de mi Padre".

Ésas palabras confundieron a Cherem, ya que pensaba que Yeshua tenía mucho más para hacer, de lo que había hecho hasta ese momento. Había demasiados enfermos, demasiados pobres, demasiados muribundos. Sin dudas, pensó, el Maestro no había terminado su trabajo. Judas debería haber pensado lo mismo. Todos, incluído Cherem, tenían la esperanza de que Yeshua se haría cargo del mundo, para convertirlo en un lugar mejor. Ellos querían la vida fácil, querían que Yeshua así la hiciera. Cherem sabía, viendo las imágenes en la mente de Yeshua, que una vida fácil no era lo que él había venido a dar. Pero aún si hubiera sufrimiento, detrás de ello, habría paz. Yeshua había dicho muchas veces que había venido para traer paz, no la paz que da el bien del mundo, pero la paz en la profundidad del corazón.

Cherem conocía esa paz por experiencia propia. Era el sereno regocijo de saber que era parte de Yeshua, y que Yeshua era parte de él. Cuando Yeshua y él estaban juntos, no deseaba nada más. Su Maestro era todo lo que Es, todo lo que necesitaba. Cherem se preguntó si los demás seguidores de Yeshua sentían de la misma manera, o si de lo contrario, querían ser importantes, ser ellos mismos maestros; si querían que todo fuera como ellos decían.

Si era eso lo que deseaban, pensó Cherem, era muy probable que terminaran desilusionados. La idea de Yeshua era de que no recibieran lo que ellos querían, sino que deberían amar lo que tenían. El momento dado por el Maestro debía de ser suficiente. Para Cherem, sí lo era.

Alguien trajo un asno para Yeshua, quien se sentó sobre él, acariciando el cuello del animal y hablándole suavemente. Cherem sabía lo que sentía el borrico. Yeshua no era carga alguna. Pero en su corazón, el perro no estaba tranquilo. Mientras seguía al asno en la ciudad, Cherem se mantuvo cabizbajo, soltando gemidos . Todas esas personas que mecían hojas de palma, gritando las bienvenidas, no tenían ni idea de lo que Yeshua era.

Pensaban que les daría poderes y todo tipo de cosas buenas. Pensaban que actuaría como un rey, favoreciendo a sus amigos.

Pensaban que era un guerrero, como el Rey David; alguien que haría la vida de ellos placentera. No tenían idea de que era el alimento de vida, la fuerza divina que movía el cielo, los planetas, las estrellas. Aquél, cuyo toque traía paz para todos los que necesitaban paz. Cherem se adelantó trotando, su corazón triste, su amor creciendo minuto a minuto, su necesidad de proteger a su Maestro, llevándolo al pánico. Ese lugar era malo, pensó. Ese lugar sería el fin de su Maestro. Cherem quería ladrar en señal de alarma, pero sabía que debía permanecer en silencio. Así era como Yeshua solía manejar los problemas: con silencio. Pero no ese día.

Cherem nunca antes había visto a su Yeshua enojado. Cuando el Maestro caminó en los pórticos alrededor del templo, llenos de mesas cubiertas de dinero, sus manos se apresuraron a trenzar un látigo usando unas cuerdas. En el pasado, Cherem había sido golpeado con un látigo como eso, pero ahora, no tenía miedo. Sabía que Yeshua jamás le haría daño. Pero ¿A quien quería azotar con ese látigo? El perro se mantuvo al lado de Yeshua, con su cola entre las patas.

El Maestro se dirigió a una mesa más grande que otras. Debajo de la misma, habían pájaros y animales encerrados en jaulas, aplastados tan juntos que apenas podían moverse. Cherem acercó su nariz a una de las jaulas y chilló, queriendo que Yeshua abriera la jaula para que los pobres animales quedaran libres.

Yeshua volcó la mesa, las monedas volaron a todas partes. Los pájaros enjaulados batieron sus alas y los corderos, quedaron balando de miedo. Yeshua chasqueó su látigo y de una patada, abrió una de las jaulas, dejando salir a los animales.

"¿De veras creen que Dios desea que sacrifiquen criaturas indefensas porque son ustedes mismos pecadores?" gritó. "Dios quiere misericordia, no sacrificios. Han convertido la casa de mi padre en una cueva de ladrones. Dinero y animales inocentes no comprarán el favor de Dios. Dénlo a los pobres, en su lugar. Abran su corazón al amor de Dios. Despierten."

Fue a la fila de mesas, volcando una tras otra. Los sacerdotes que estaban canjeando los animales por dinero, salieron corriendo despavoridos. Cherem también estaba asustado. No sabía que la gente mataba animales porque pensaban que serían bendecidos por Dios por ello. En ese camino, pronto empezarían a sacrificar perros. Se mantuvo cerca de Yeshua, con la esperanza de que nadie lo pondría en una jaula para ser vendido para sacrificio.

Uno de los corderos salió corriendo por debajo de los pórticos, pateando el aire con sus patas traseras, y un niño lo apresó. El cordero acarició con su hocico el rostro del niño, y el chico corrió hacia afuera del templo, sin soltar la ovejita. Cherem tuvo la esperanza que el cordero ahora estuviera a salvo. Le parecía muy extraño como alguien pudiera pensar que matar un cordero, haría feliz a Dios.

"Yo seré el cordero de Dios", le dijo Yeshua a sus amigos, cuando terminó de ahuyentar los cambistas afuera del templo. "Yo moriré por mi pueblo. Ellos necesitan terminar de matar animales que no han hecho daño alguno."

Los amigos de Yeshua no estaban felices. "Maestro", dijeron, "tú eres la esperanza de tu pueblo. Dirígenos contra los Romanos. Haznos fuertes, así como el Rey David hizo."

Yeshua sacudió su cabeza. "Ojalá pudieran escuchar lo que digo. Hasta que yo no muera, no podrán vivir. Es así de simple. Amor es lo que vine a enseñar. El amor significa que deberías de morir por tus amigos. Ése es mi mensaje. Hasta que no muera, ustedes no sabrán cuanto los amo."

Cherem de repente entendió lo que Yeshua quería que sus amigos supieran. Soltó un ladrido de aprobación y persiguió su propia cola, en círculos, sintiéndose contento. Desde el primer momento en que había conocido a Yeshua, había entendido lo que era el amor. Quizás ahora los hombres alrededor de Yeshua también lo entenderían. Su corazón estaba pronto a abrirse por completo de amor por su Maestro. A veces le parecía que existía solamente para ser feliz de estar con Yeshua.

Su Maestro una vez le dijo a una mujer, en el manantial del pueblo, que él era agua viva, mejor que la del pozo. Fue entonces que Cherem aprendió que cada vez que tomaba agua, recibía en sí el amor de Yeshua. Yeshua era el alimento que comía, el aire que respiraba. Sí, Cherem sabía lo que era amar. Y el amor que sentía por Yeshua, duraría más allá de la misma muerte.

El tiempo de las Pascuas[2] había llegado, cuando todo el pueblo celebraba el haber sido salvados por Dios. Cherem entendió lo que era el ser salvado de la muerte y el dolor, ya que Yeshua había hecho eso por él. La gente a su alrededor quizás necesitaba le fuera recordado, no así el perro. Sin embargo, la

---

[2] N. del T. Las celebraciones anuales realizadas por los Israelíes en conmemoración de la Liberación de Egipto, Pascuas Judías.

comida de las Pascuas era la mejor. El ser salvado y tener el mejor alimento, todo en un mismo paquete, le parecía a Cherem una buena perspectiva. Siguió a Yeshua, cerca de sus talones.

El Maestro llevó a sus amigos por unas angostas escaleras de piedra, y los condujo a una habitación donde había una mesa con algunos bancos. Cherem siguió de cerca, detrás de los otros y se hechó debajo de la mesa, a los pies de Yeshua. Estaba contento de que todos ahora empezarían a comer. Nada podía complacerlo más. Quizás Yeshua haría aparecer de la nada carne y queso, como ya había hecho. Cherem se meneó en la expectativa, moviendo su larga y fina cola.

Quedó soprendido, cuando Yeshua tomó un gran cuenco de agua y una toalla y comenzó a lavar los pies de sus seguidores. También ellos quedaron sorprendidos. Normalmente, solo un sirviente lavaba los pies de todos. Pero esta vez Yeshua quería enseñar una lección importante: todos deberían estar prontos para servir a los otros. Yeshua no lavó las patas de Cherem, ya que sabía que su perro ya había entendido la lección del servicio. Cherem se regocijó, ya que odiaba mojarse las patas, especialmente en noches frías como esa.

Después del festín de Pascuas, el Maestro rezó sobre un pan y una copa de vino. Le pidió a su Padre en los cielos de bendecir esa comida y esa bebida. Después le dijo a sus amigos: "Este pan es mi cuerpo. Cómanlo y sean parte de mí. Algún día lo comerán en memoria mía."

Cherem se estremeció y escondió su cabeza debajo de una pata. Yeshua le estaba diciendo a sus amigos de hacer algo que nadie podía. Sintió un pensamiento venir desde el Maestro- tómenme en ustedes para que seamos Uno. Cómanme y bébanme como si fuera comida y vino. Háganlo siempre. No olviden nunca que ustedes me pertenecen, y que yo les pertenezco.

El perro se tranquilizó, ya que ahora entendía. Yeshua, como de costumbre, estaba contando una historia con un significado oculto. Quería decirle a su gente que sería con ellos, sin importar que, que alimentaría sus corazones y almas con Dios, con sí mismo. A Cherem le gustó como sonaba todo eso. Quería que Yeshua fuera parte de él para siempre y estaba feliz que Yeshua entendía su deseo. Los amigos de Yeshua parecían no entender. Uno de ellos se levantó y fue hacia la puerta. Él y Yeshua se miraron larga y fijamente.

"Vé, y haz lo que tienes que hacer", dijo Yeshua.

Cherem no sabía qué era, pero sintió un dolor en su corazón. De algún modo, sentía que ese amigo, no era amigo. Por una vez, el perro no se sintió con hambre, sino que simplemente, quedó echado en el suelo, su barbilla descansando sobre el pie de Yeshua.

Después de la comida en la habitación de arriba, Yeshua llevó a sus amigos afuera, en la noche. Había poca gente en la calle, ya que todos estaban comiendo, como cada año, la cena de Pascuas, celebrando el tiempo en que sus ancestros habían dejado la esclavitud en Egipto. Era el día santo favorito de Cherem, ya que había más comida disponible de la que alguien podía comer. Muchas sobras habían sido dejadas para la gente pobre y los perros.

Todos conocían la historia detrás de la Festividad, pero solo Yeshua sabía lo que estaba por suceder en estas Pascuas. Dios había salvado el pueblo de Israel de la esclavitud en tiempos lejanos; Yeshua estaba por salvarlos ahora y para siempre. Les enseñaría lo que realmente era el amor. No sería nada fácil.

Cherem tenía la esperanza de poder salvar a Yeshua de cualquier cosa mala que se acercase.

Deseaba que la cena nunca terminara, para que su

Maestro quedara a salvo en esa pequeña habitación. Pero llegó el tiempo de partir, y de salir afuera en la noche. El viento se hizo más frío, y Cherem tembló.

The garden of Gethsemane

CAPITULO SEIS

FINALES

El jardín en el que Yeshua llevó a sus amigos, estaba oscuro, salvo por un poco de luz de luna, que se escabullía brillante, de entre las nubes. Las ramas nudosas de los árboles de olivo se arquearon, y las pálidas hojas se contornearon en la brisa nocturna. Cherem sintó como un peligro hizo que el pelo de su lomo se irguiera. Se mantuvo cerca de su Maestro mientran los otros dormían. Habían bebido vino en el festín, y comido más de lo acostumbrado. Y ahora no podían permanecer despiertos.

Cherem estaba agradecido de no haber comido de más y estaba alerta. El Maestro parecía contento de la compañía de su perro, y se agachó para acariciarle la cabeza. Juntos, encontraron un bloque de piedra, largo como una mesa, y Yeshua se arrodilló al lado, su rostro entre sus manos. Cherem suspiró, sintiendo como le llegaba una oscura tristeza y se empujó cerca del Maestro. Quizás, pensó, estoy sientiendo lo que siente mi Maestro. Eso sucede a menudo. Ojalá pudiera sentirla yo en su lugar, para que él no estuviera tan triste.

La voz de Yeshua sonó suave y profunda. "En realidad no quiero hacer ésto", dijo.

"Pero como tú lo has pedido de mí, Padre, lo haré."

Cherem no estaba seguro de lo que Yeshua debía hacer. Pero sabía que parecía como el hacer algo que no quieres, solo porque alguien que amas te ha pedido un favor. Los perros saben como hacer eso desde el nacimiento. Lo que fuera que Yeshua le pidiera, él lo haría, incluso si eso significara estar sin comer, o dormir sobre las piedras. Incluso si significara morir. Cherem tuvo la esperanza de que no fuera eso mismo lo que Yeshua tenía que hacer, pero si lo era, el Maestro no estaría solo. Pudo escuchar voces que llegaban desde lo bajo y oler los cuerpos de hombres que estaban al acecho de Yeshua y sus amigos. Nadie, excepto el Maestro y Cherem, parecía saber lo que estaba sucediendo.

De repente, un montón de hombres llegó al jardín, y los seguidores de Yeshua se despertaron, resfregando sus ojos y hablando en voz baja. Yeshua les había pedido de quedarse despiertos, pero no fue así. Ahora, no sabían que hacer. El hombre a quien Yeshua había enviado a hacerle un recado, tomó el Maestro por su manto y lo besó. Cherem gruñió, dejando sus dientes al descubierto. Ese beso no parecía cosa buena.

Pedro se precipitó a los hombres que estaban rodeando a Yeshua, gritando y empuñando una espada que le había arrebatado a uno de los intrusos. Si bien Pedro apenas estaba despierto, estaba intentando hacer lo correcto. Quería salvar a su Maestro, pero sin recordar su mensaje. Cherem deseó poderle explicar a Pedro que la espada no era necesaria, así como no hubiera sido correcto que él mordiera los soldados que estaban rodeando a Yeshua.

En su lugar, deberían esperar hasta que el Maestro dejara en claro que es lo que quería que ellos hicieran. Pedro no esperó. Atacó y le cortó la oreja a uno de los soldados. Cherem la recogió en su boca, sin saber qué hacer con ella. Sin dudas que comer una oreja humana, no era un comportamiento aceptable para el perro del Maestro. Yeshua estiró su mano, y el perro allí dejó la oreja, feliz de haberse liberado de ese bocado sangriento.

Para la sorpresa de todos, Yeshua puso la oreja del hombre de vuelta en su lugar, diciendo a Pedro, "Aquellos que por espada viven, por espada morirán."

Cherem pensó que el Maestro le estaba diciendo esas palabras tanto al hombre que lo había traicionado, como a Pedro. Cuantas veces Cherem había oído al traidor rogarle a Yeshua de luchar contra los soldados Romanos con un ejército de ángeles. Pero ese no era el camino del Maestro. Causar la muerte o herir a alguien era la manera del mundo. Cherem había visto y experimentado la crueldad el número suficiente de veces como para saberlo. Pero la manera de Yeshua era la de dar su vida por sus amigos. Otra vez, percibió Cherem, Yeshua estaba poniendo el mundo, de cabezas.

Era pasada la medianoche cuando los soldados condujeron a Yeshua a la colina donde estaba el palacio de los Sumos Sacerdotes. Ellos eran tan ricos en bienes materiales, como Yeshua era de pobre. A pesar de ello, Cherem prefería estar al lado de Yeshua, que asistir a banquetes en los palacios sacerdotales. Los seguidores de Yeshua habían escapado espantados, todos excepto Cherem, quien se mantuvo cerca, a los talones de su Maestro. A nadie parecía importarle que un perro entrara al palacio. Probablemente ni siquiera lo notaban, ya que tanto él como Yeshua estaban rodeados por las guardias del templo.

Cherem estaba sorprendido de cuantas personas estaban alborotando el gran vestíbulo del palacio, ya que las calles habían estado desiertas esa noche. Esas personas, se imaginó, debían ser amigas de los sacerdotes del templo. Ciertamente que no eran amigas de Yeshua.

Ellas empujaban al Maestro y lo insultaban. Cherem gruñió, pero Yeshua le hizo una señal para que quedara en silencio. La cola del perro bajó. Quería morder a todos los tobillos que estaban a la vista, pero sabía que el Maestro no lo hubiera aprobado. En su lugar, el perro se acercó más a la pierna de Yeshua y jadeó, su corazón latiendo tan fuerte que pensó se le iba a salir del pecho.

Hombres se acercaron y decían cosas malas acerca de Yeshua. Él había amenazado de tirar abajo el templo. Él se hacía llamar Dios. Todos estuvieron de acuerdo en que Yeshua era culpable de ser diferente a los otros rabinos y por ende, debería morir. Cherem gruñió bajo, y nuevamente Yeshua extendió su mano pidiendo silencio. Él mismo, no diría una palabra más. Queriendo comportarse como Yeshua lo hacía, Cherem se aquietó y bajó su cabeza mientras seguía Yeshua para afuera. Ahora estaban rodeados no solamente por guardias armadas, sino también por una multitud de hombres gritando, amenzadores; eran los mismos hombres que habían acusado a Yeshua de cometer crímenes. Qué crimenes, Cherem se preguntó, si todo lo que había hecho el Maestro era curar a los enfermos y enseñar a las personas a ser amables, en lugar de crueles.

Todos juntos bajaron de un arrebato la colina, llevando con ellos a Yeshua y a Cherem, como si hubieran sido desechos en una correntada. Mientras iban, los soldados golpeaban e insultaban a Yeshua. Todo lo que Cherem pudo hacer fue mirar, sabiendo que su Maestro no quería que hiciera otra cosa. Yeshua estaba sangrando en cada uno de los múltiples golpes, pero seguía adelante, tambaleando. Cherem gimió un poco, y alguien lo golpeó también. No le importó, ya que cada golpe dirigido a él, era un golpe menos para Yeshua. Escuchó de las palabras de la multitud, que Yeshua era llevado ante el Prefecto Romano, Pilato, quien seguramente lo mandaría a matar.

Ninguna de las personas que habían recibido felices al Maestro en Jerusalén unos días atrás estaba allí en ese momento. Sólo sus enemigos, quienes de noche hacían obras malas, mientras la gente buena dormía. Cherem deseó estar de regreso al jardín con Yeshua, acurrucados juntos debajo de un árbol. Deseaba mantener a su Maestro a salvo y abrigado, como él siempre lo hizo. Pero Yeshua quería seguir adelante en ese camino, y Cherem trataría de querer eso también.

Los soldados estrujaron un círculo de espinas sobre la cabeza de Yeshua, y Cherem cerró los ojos, no queriendo ver la sangre que corría por el rostro de su Maestro. Estaban gritando algo así como, coronando a Yeshua rey y riendo de él. Cherem recordó que una vez, siendo él sólo un cachorrito, un humano mezquino le había arrojado encima agua hirviendo. El hombre reía mientras Cherem lloraba de dolor. El perro sabía bien lo que era la crueldad, pero el porqué de que alguien quisiera lastimar a Yeshua, no lo sabía. Ha de ser algo propiamente humano, pensó, y renunció a tratar de entenderlo.

Cherem intentó acercarse a Yeshua, queriendo confortarlo, pero había demasiados pies en el camino. Por ende, el perro simplemente se sentó y esperó, sin emitir sonido. Finalmente los soldados se aburrieron de atormentar a Yeshua, ya que el Maestro no había hablado ni tampoco se había quejado de dolor, sin importar lo fuerte que había sido golpeado.

Llevaron a Yeshua ante Pilato, el gobernador Romano. Cherem había escuchado a los sacerdotes decirle a los soldados, de asegurarse de que Yeshua recibiera la sentencia de muerte. Decían que era un buscapleitos para los Judíos y se convertiría en un buscapleitos para Roma también, si no lo mataban. Por lo tanto, Yeshua fue conducido delante a quien gobernaba esas tierras. Los sacerdotes probablemente esperaban que el gobernador no tendría más interés en la justicia, que ellos mismos. Yeshua no tenía a nadie que lo protegiera, salvo a su perro. Y a su perro le fue prohibido ayudarlo. Con su corazón martilleando de miedo, Cherem siguió de cerca a su Maestro todo lo que pudo.

Era de mañana temprano, y Pilato probablemente se había ido a dormir muy tarde, de fiesta. Por lo menos, era lo que le parecía a Cherem, ya que lucía como los humanos lo hacen después de comer y beber demasiado. Quizás deje libre a Yeshua, Cherem esperó. De esa manera, el hombre podría volver a su cama, donde estaba claro, prefería estar. Allí era donde Cherem también quería estar, con su Maestro durmiendo a su lado.

La noche entera le había parecido una pesadilla, del tipo del que escaparías, si alguien quisiera hacerte daño. Tú corres y corres, pero no puedes escapar. Yeshua a veces debía despertar a Cherem, cuando el perro pateaba y gemía en el sueño. Cherem sabía que, de esta pesadilla en particular, ni él ni Yeshua podrían despertar.

"A ver, ¿Quién eres?", Preguntó el gobernador Romano, bostezando. Un sirviente le trajo una taza, y él tomó bastante de lo que fuera que había allí.

Yeshua permanecía en silencio, y el Romano intentó nuevamente.

"Ellos dicen que eres un rey. Bueno, ¿Lo eres?"

"Sí, pero mi reino, contrario al suyo, no es de este mundo." Replicó Yeshua. "Usted no tiene nada que temer de mí, y esa es la verdad."

Pilato rió y tomó otro trago de su taza. "¿Qué es la verdad?"

Yeshua no respondió, pero se mantuvo allí de pié, mirando derecho a los ojos del Romano, hasta que el otro hombre bajó la mirada.

"No veo cual es el problema", dijo Pilato a la multitud de gente detrás de Yeshua. "A mí me parece un buen hombre. ¿Qué quieren qué haga con él?"

"¡Crucificarlo!", gritaban los hombres, alzando y moviendo sus puños. "¡Crucificarlo!"

Cherem no conocía esa palabra, pero percibió una imagen desde sus mentes. Lo que le hizo poner la cola entre sus patas y gemir. Lo que querían hacer era peor de lo que cualquier animal le haría a otro. Había visto con frecuencia ese tipo de crueldad, ya que miles de Judíos habían sido puestos a morir en cruces a lo largo de los caminos que había andado con Yeshua. Había podido escuchar los gritos de las víctimas desde lejos, y a veces gritaban por días enteros.

Esta muerte terrible era lo que estos hombres tenían en mente para el Maestro de Cherem, quien los había sanado y amado. Cherem no podía creerlo. Empujó, abriéndose camino entre las sandalias de los soldados y lamió la pierna de su Maestro. Yeshua bajó la mirada hacia él, con una triste, profunda marca entre sus cejas. Estaba demasiado triste como para sonreírle, algo que nunca antes había sucedido.

Pilato le hizo un gesto a un sirviente, quien trajo un hombre sucio y fornido, y lo hizo pararse al lado de Yeshua.

"Pueden elegir a aquél que quieren crucificar", le dijo en voz alta a la multitud.

"Barabbás, el asesino, o Yeshua."

Cherem pensó que el Romano tenía un plan. La gente seguramente preferiría matar a un asesino, en lugar de un hombre santo. Pilate debía favorecer a Yeshua. Por ello le daba a elegir a la multitud. El perro esperó nervioso, sus ojos fijos en su Maestro. Quizás esa terrible noche terminaría bien, después de todo.

"Barabbás", gritaron los hombres, golpeando las manos. "Queremos a Barabbás."

Yeshua miró al asesino con una sonrisa cansada. Barrabás le devolvió la mirada y Cherem pudo adivinar que estaba feliz de estar libre y a la misma vez, dolido de que Yeshua debiera sufrir en su lugar. Barrabás alcanzó a Yeshua, pero algunos hombres de la multitud lo empujaron lejos. El asesino liberado, desapareció entre ellos.

Si Cherem hubiera estado en su lugar, se hubiera quedado e insistido en que Yeshua fuera liberado. Pero los humanos tienden a pensar primero en ellos mismos y no de como liberar a otros. Cherem no lo podía entender, ya que con mucho gusto hubiera muerto en lugar de Yeshua. Eso era el motivo de Yeshua para venir a salvar los humanos, y no a los perros, supuso. Los perros ya conocían su mensaje, y vivían según el mismo.

Cherem se miró alrededor para ver si algún otro seguidor del Maestro estuviera cerca. Quizás se hubieran ofrecido a tomar el lugar de Yeshua. Pero ninguno de ellos estaba allí.

Cherem se preguntó si también habían sido arrestados, pero no, probablemente habían escapado. Yeshua les había siempre dicho de no tener miedo, pero como todos los humanos, cuando sus vidas corren peligro, es lo único que les preocupa.

El gobernador Romano parecía que quería olvidar todo lo que había apenas sucedido. Introdujo sus manos en un tazón de plata con adentro agua y dijo: "Yo no soy culpable de la muerte de este buen hombre."

Oh, sí lo eres, pensó Cherem, gruñiendo y bajando su cabeza. Pero así lo son todos los demás también. Algún día lo sabrás. Algún día lo lamentarás, como yo ahora.

Siguió a los soldados que llevaban a Yeshua a través del gentío. La mañana ya había llegado, y algunas de las buenas personas que amaban a Yeshua estaban ahora en las calles, confusas y asustadas. Siguieron a los soldados y al prisionero a través de la ciudad y fuera de sus muros hacia una colina con forma de calavera. Gólgota, así era llamada por la gente.

Cherem ya la había visto antes. Mientras Yeshua y sus amigos llegaban a la ciudad en los días pasados, el Maestro se había detenido ante la fea y desnuda colina, mirándola fijamente. Nadie preguntó porqué se habían detenido allí, pero Cherem se estremeció ante esa vista, sabiendo que era un mal lugar, un lugar del que deseaba su Maestro se mantuviera lejos.

Los soldados arrancaron las vestiduras de Yeshua y lo acostaron sobre una cruz de madera. Lo que hicieron después, Cherem no lo pudo mirar. Sintió cómo él mismo estaba muriendo en ese momento y que el dolor de su Maestro, era el suyo propio. Miró de reojo hacia atrás y vió la madre de Yeshua, de pié tan cerca de su hijo como le era permitido. Las otras Marías, una, Magdalena y la otra, la hermana de Lázaro, estaban a cada lado de ella, sosteníendola, ya que estaba tan debilitada por el dolor, como para estar parada por sí misma. Ya que no podía hacer nada por Yeshua, Cherem fue a los pies de la madre de su Maestro.

"Mira," dijo una de las Marías. "Es el perro de Yeshua. Como nosotras, quiere estar con el Señor hasta el final. Es la manera de hacer de los perros."

"Y de los discípulos", dijo una voz más profunda que las otras. Era el amigo más jóven de Yeshua, llamado Juan. Se paró detrás de la madre de Yeshua y puso su mano sobre el hombro de ella. "Acerquémonos a él. Ahora que la cruz está erguida, seguro que a los soldados no les importará. Ya hicieron los que les dijeron de hacer."

Cherem siguió al pequeño grupo de judíos hasta el pie de la cruz. Apenas podía soportar el mirar al rostro pálido de su Maestro, pero quizás ese momento, sería el último que jamás compartiría con su mejor amigo.

Yeshua bajó la mirada a su madre, y ella lo miró a su vez. Cherem conocía esa mirada, era la mirada que decía, "Te amo" y "No tengas miedo." Esa fue la mirada que le dió paz a Cherem, sin importar cuan mal se sentía.

Yeshua dijo algunas pocas palabras, tan bajo que Cherem apenas pudo oírlas. "Madre, este es tu hijo". E inclinando la cabeza hacia Juan dijo, "Hijo, esta es tu madre."

Luego, miró hacia Cherem, y el perro sintió el amor de su Maestro, como el estallido de la luz de sol al amanecer. No necesitas decirme nada, pensó el perro. Sé que me amas.

Cherem cerró los ojos. Nada había quedado por decir entre él y su Maestro.

En ese momento, nubes grises chocaron entre sí y destelló un relámpago. Cherem a duras penas logró mantenerse estable cuando un trueno sacudió la cumbre de la colina. Al menos, él pensó que era un trueno.

"¡Terremoto!" gritó la gente, que bajó corriendo por las laderas. "¡Dios ha de estar enojado con nosotros!"

Uno de los soldados Romanos se quedó de pie junto a la cruz de Yeshua, colgado de la misma, para no caer. "De seguro éste hombre es el Hijo de Dios," gritó.

Ahora entiendes, Cherem quería contestarle, si hubiera tenido las palabras. Pero era demasiado tarde.

El soldado que había gritado, le alcanzó a Yeshua algo para beber. Quizás, pensó Cherem, el hombre había entendido que Yeshua estaba sediento. Yeshua había intentado hacerles saber, pero sus palabras eran tan débiles, que incluso Cherem apenas podía oírlas.

En lugar de beber, Yeshua elevó su mirada al cielo, luego hacia abajo a sus amigos.

"Está completado", dijo, y su voz de nuevo recobró fuerza. "En tus manos, Padre, entrego mi espíritu."

Y eso fue lo que hizo. Cherem vió como la cabeza de su Maestro caía hacia su pecho, su cuerpo se relajó, sus ojos se cerraron. Estaba, de hecho, completado. Cherem tiró hacia atrás su cabeza y aulló. Su Maestro se había ido.

CAPÍTULO SIETE

COMIENZOS

Los soldados bajaron de la cruz al cuerpo de Yeshua. Tuvieron un momento de compasión, permitiendo que la madre del Maestro se sentara en una roca con el cuerpo de Yeshua sobre su regazo. Cherem había visto madres sosteniendo a sus niños de la misma manera en que María la Madre, sostenía a Yeshua: su rostro pegado al de él.

Un amigo de Yeshua a quien Cherem no había visto por un tiempo, llegó para llevarse el cuerpo. Su nombre era José,[3] y era tan rico como para tener su propia tumba en las cercanías, tumba lo suficientemente grande para poder ser la casa entera de una persona normal. Juan llevó el cadáver de Yeshua a la tumba de José y lo cubrió con una larga tela blanca. Nadie notó al perro, que se escabulló dentro de la cueva y escondió detrás de una roca.

Cherem yacía calladamente, escuchando como una enorme piedra era colocada, haciéndola rodar, delante de la tumba. Estaba seguro de que moriría en ese lugar, ya que no había aire, ni agua, ni comida. Eso estaba bien para él. Morir cerca del cuerpo de Yeshua era todo lo que podía desear.

Un día y una noche transcurrieron, si bien el perro no tenía como medirlos, y él yacía tan cerca

[3] N. de T. José de Arimatea. Según referencias cristianas, el tío de la Virgen María y tutor de Jesús, después de la temprana muerte de su padre, José el carpintero.

como podía de la losa de piedra en donde Yeshua descansaba. De improviso, justo cuando los ojos del perro se cerraban en lo que pensó, sería su sueño final, un intenso destello de luz alumbró toda la tumba, y los ojos del perro se abrieron repentinamente. Algo grande estaba pasando, Cherem pensó, algo que nunca había pasado antes. Era un momento más grande que el tiempo en que Moisés y Elías se aparecieron al lado de Yeshua en el Monte Tabor. Cherem sintió su corazón dar un vuelco de dicha. Su Maestro se sentó en la loza de piedra y se quitó del rostro la tela blanca.

Cherem logró ponerse de pie dificultosamente, ya que se sentía débil y hambriento.

Emitió un débil sonido, casi un quejido, pero fue suficiente para llamar la atención de Yeshua.

"Entonces, estás aquí, amigo mío," dijo Yeshua, agachándose para acariciar la cabeza del perro. "Eres el único que está aquí."

Cherem comenzó a correr alrededor de la tumba, saltando, sacudiendo su cabeza y ladrando como un cachorrito. Alguna vez pensó que la muerte era el fin, pero de pronto, ya no lo era. Cherem brincó a los brazos de su Maestro, con un salto más alto de lo que parecía posible para un perro viejo. Quería decirle a Yeshua, salgamos de este lugar y vámonos juntos lejos, solo tú y yo.

"Sé lo que sientes," dijo Yeshua. "Pero adonde voy no puedes ir. No por ahora. Pronto estaremos juntos para siempre."

La piedra que bloqueaba la entrada había sido removida, y Cherem siguió a su Maestro afuera. Yeshua se estiró, respiró profundamente y le sonrió a su perro.

"Hallelujah,", dijo. "Estoy feliz de que todo quedó atrás, ¿Y tú?"

Cherem asintió con su cabeza su estar de acuerdo. Ambos vieron a una mujer subiendo por la colina, hacia la tumba. Era Maria de Magdala. Llevaba flores en sus brazos.

"¿Eres el jardinero?" le dijo a Yeshua.

"María", dijo Yeshua, sonriéndole.

Ella se tiró a sus pies, las flores volaron por todos lados. "¡Señor!" gritó. "¡Rabí! Eres tú."

"Vé a decirlo a los otros," dijo el Maestro. "Tenemos trabajo que hacer, trabajo que comienza hoy."

María bajó corriendo de la colina, en su feliz misión. Cherem se mantuvo al lado de Yeshua. Ese era su lugar. Otros podían ir o venir, podían temer o amar. Pero el perro del Maestro sabía lo que debía hacer. Tenía que permanecer cerca de Yeshua.

Ambos siguieron a María en Jerusalén, en donde se juntaron a los otros seguidores de Yeshua; estaban todos a excepción del traidor y de Tomás el Escéptico. Los seguidores se apiñaron tan cerca alrededor de su Maestro que Cherem fue echado a un lado. Ya que Yeshua estaba feliz de saludar de nuevo a sus amigos, al perro no le importó ser dejado de lado. Se sentó junto a la mesa de cenar lamiendo sus patas y esperando que alguien le tirara algunas sobras.

"María nos contó que habías regresado," dijo Pedro, "pero no podíamos creer las buenas nuevas. Corrí todo el camino hasta la tumba."

"Lo mismo hice yo", dijo el jóven Juan. "Cuando vimos que la tumba estaba vacía, volvimos aquí a esperar por tí."

"¿Y dónde está Tomás?" Yeshua miró a su alrededor. "¿No le dijeron de venir?"

"Sí," dijo Pedro, "pero tú sabes cómo es Tomás. Dijo que no creería que has regresado de la sepultura hasta que no ponga sus manos en tus heridas."

Cherem quedó conmocionado ante la imagen en la mente de Pedro. Si alguien tocara heridas como las que Yeshua tenía, seguramente dolerían. El Maestro ya había sido lastimado lo suficiente en su opinión, y gruñó un poco, imaginando la escena que Tomás tenía en mente. Buena cosa que no estás aquí Tomás, pensó. Te daría una herida propia para meter tus dedos en ella.

Poco después de la reunión, Yeshua se encontró de nuevo con sus amigos. Esta vez, Tomás el Escéptico sí estaba allí, luciendo tan culpable, pensó Cherem, como un perro que recién había comido a escondidas la cena familiar. Tomás cayó de rodillas delante de Yeshua, sus ojos llenos de lágrimas.

"Bien Tomás," dijo Yeshua, mostrándole las ensangrentadas marcas en su cuerpo. Las marcas estaban aún frescas, pero Cherem estaba aliviado de ver que estaban sanando rápido.

"¿Te gustaría tocarme?"

Tomás rompió a llorar y cubrió su rostro con sus manos. "Mi Señor y mi Dios", dijo.

El escéptico no necesitaba de tocar las heridas, Cherem estaba contento de ver, pero vigiló a Tomás atentamente. Si el hombre hiciera lo que dijo quería hacer, Cherem estaba preparado a derribarlo, y a sentarse sobre él. Quizás hasta un pequeño tarascón, pensó, y fue justo cuando Yeshua lo miró, sacudiendo su cabeza. El perro se hechó al suelo y puso sus patas sobre sus ojos, avergonzado.

"Me has visto, Tomás," dijo Yeshua "entonces crees. Muchos creerán en mí sin haber visto este cuerpo. Y ellos serán bendecidos por su fé."

Al día siguiente, Yeshua y Cherem abandonaron la habitación antes que los demás despertasen. El perro estaba alegre de tener a su Maestro todo para sí de nuevo. Se movían a través de calles silenciosas y miraron como la luz del amanecer iluminaba el cielo del este, haciendo que los edificios y los muros de Jerusalén brillaran como oro. Casi nadie estaba en movimiento, excepto por las guardias de los muros de la ciudad, pero esos hombres parecían no ver al Maestro y a su perro pasar a través de los portones recientemente abiertos. Cherem estaba feliz de que los soldados no tuvieran idea de quien estaban dejando salir de Jerusalén.

Si hubieran sabido que era Yeshua, se preocupó Cherem, lo podrían llevar nuevamente delante los sacerdotes y el gobernador Romano.

"Vayamos a Emaús," le dijo Yeshua a Cherem. "Los otros nos encontrarán en el camino".

Cherem caminó prolijamente, orgulloso al lado de su Maestro. No tenía idea de donde estaría Emaús, ni tampoco le importaba. Mientras Yeshua estuviera a su lado, la vida era como tenía que ser. La cabeza del perro se mantenía erguida, y gambeteaba con la ligereza que no sentía desde cuando era jóven.

Algunos de los amigos de Yeshua se les cruzaron e invitaron al desconocido a comer con ellos. Cherem no podía entender el porqué aquellos hombres no sabían que estaban caminando al lado del Maestro, pero tampoco Maria Magdalena había reconocido de inmediato a Yeshua. El Maestro estaba más alto, más alegre, más radiante y feliz, como nunca antes lo había visto Cherem. Probablemente era porque el tiempo terrible de sufrimiento y penas había quedado atrás. Pero su olor era el mismo, y eso era todo lo que el perro necesitaba. Cherem no entendía la idea del "para siempre", pero tuvo la esperanza de que ya jamás nada cambiaría. Él quería seguir caminando siempre con su Maestro. Esa era su idea de paraíso.

Cuando Yeshua partió el pan con sus amigos, ellos de improviso supieron quién era y comenzaron a llorar de alegría. Cherem danzó alrededor de ellos sobre sus patas traseras, feliz de que sabían lo que él sabía. Yeshua había vuelto.

Ellos viajaron en las cercanías por un corto tiempo, encontrándose calmadamente con los amigos que habían salido de sus escondites, después de escuchar que Yeshua estaba vivo. Todos ellos dijeron que habían estado atemorizados por ser conocidos como amigos del Maestro, hasta que entendieron que la muerte no tenía importancia. Habían temido el morir por su fé, admitieron esas personas. Yeshua entendió el porqué se habían escondido en las colinas, temerosos de confesar que eran sus discípulos. Si él no hubiera vuelto de la muerte, ellos hubieran permanecido escondidos y atemorizados para siempre. Ahora salían al abierto, prontos a morir como había muerto su Maestro. Ahora, como Cherem, ya no tenían miedo.

El perro siguió a Yeshua y sus amigos encima de una colina. Más y más gente llegaba, engrosando las filas. Parecían saber que algo nuevo bajo el sol estaba por suceder. Cherem los había escuchado decir más temprano que Yeshua los estaba por dejar, y el corazón del perro latía tan fuerte que su pecho dolía. ¿Podía ser realmente cierto que Yeshua estaba nuevamente por irse, esta vez del todo? Quizás me lleve con él, pensó el perro, en pánico. ¿No me prometió que estaríamos juntos para siempre? Estoy seguro que lo escuché prometer eso.

La gente estaba en silencio y solemne, sus ojos en el Maestro. A excepción de algunos pájaros que cantaban sobre una higuera, había silencio. Yeshua estaba de pie sobre la cima de la colina, permitiendo cerca solo a Cherem. El Maestro se agachó por última vez a tocar a su perro.

"Ahora es mi tiempo de irme para que el Espíritu tome mi lugar," le dijo a sus seguidores. "Vayan, y digan a la gente lo que les he dicho. Díganle que la compasión para toda forma de vida es mi mensaje. Vayan, y digan al mundo que Dios ama a su creación, que Dios bendice toda vida que hay en ella, todo sufrimiento y alegría que trae el vivir. Yo estaré siempre con ustedes."

Cherem se apretó contra la pierna de Yeshua y gimió despacio. Quería despedirse, ya que el tiempo de ambos en la tierra estaba llegando a su fin, pero no quería llorar. Cherem tenía la esperanza de ser un perro demasiado viejo y sabio, como para eso.

"Está bien Cherem," dijo Yeshua, sus brazos abiertos en bendición. "Espera aquí por mí. Yo no te olvidaré."

Hubo un repentino rayo de luz, como el que Cherem había visto en la tumba de piedra, antes de que Yeshua se despertara de su largo sueño. Durante algunos minutos, nadie pudo ver nada. Algunos frotaron sus ojos, como si estuvieran molestos por el resplandor. Yeshua ya no estaba allí. Todos miraron a sus alrededores buscándolo, luego arriba hacia el cielo, sus bocas abiertas en sorpresa.

Después de un rato, la gente se fue, hablando en voz baja acerca del trabajo que tenían que hacer para el Maestro. El perro entendió el porqué se fueron. Yeshua se había ido, no había nada más para ver. Cherem se preguntó si debía irse con ellos, pero su corazón le dijo de quedarse adonde Yeshua había estado por última vez. Otros difundirían las buenas nuevas. Cherem tenía su propio trabajo para hacer. Era el quedarse quieto y esperar.

A través de los días de lluvia y fríos, el perro permaneció solo, sobre la cima de la colina. Tomaba un poco de agua cuando llovía, pero no tenía más alimento que el recuerdo del contacto de Yeshua. Cherem yacía exactamente donde Yeshua había estado parado antes de que la luz se lo llevara lejos. El viejo perro se hizo más delgado con el correr de los días y de las semanas, pero nunca se fue.

¿Qué pasaría si Yeshua volviera, pensó, sin encontrar a su perro? Cherem no podía arriesgar a que eso sucediera. Él permanecería exactamente donde el Maestro le había dicho de estar. Cuando una de las Marías llegó para alimentarlo y tratar de persuadirlo para que fuera a la casa con ella, Cherem rehusó de comer o moverse.

Una noche, su visión se volvió borrosa y el latido de su corazón, más lento. Supo entonces que su tiempo en la tierra era corto, y se regocijó. En los instantes antes de morir, Cherem vió a su Maestro llegar hacia él, rodeado de luz. Parecía que los cielos se habían abierto de par en par y las estrellas caían a través de ese hoyo, girando como molinetes alrededor de la luminosa figura de su Maestro.

Yeshua sonrió y lo alcanzó, en bienvenida. El perro se sintió jóven nuevamente, y saltó a los brazos que lo sostendrían por la eternidad.

Cherem tomó su último respiro, y llegó con su Maestro a Casa con Dios.

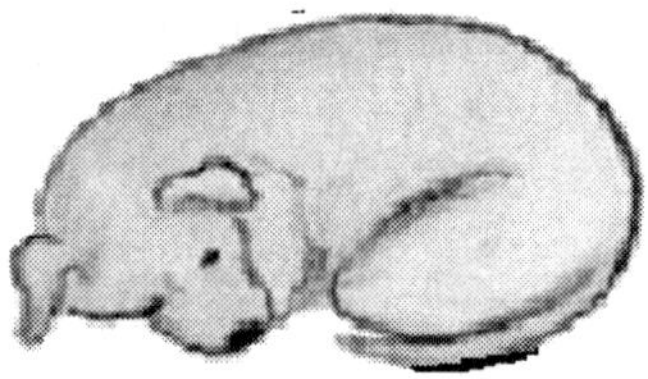

Acerca de la Autora

Después de enseñar literatura y oficiar de escritora en ambas costas, Barbara Rogers Wilson se retiró a la costa central de Oregon, donde realiza Voluntariado y pasea por la playa sus adorados perros.

Ha publicado numerosas novelas y también libros basados en la vida real, así como artículos académicos.

El romance entre Dios y la Humanidad es siempre el centro de todas sus obras.

Acerca de la Traductora

Nació en Genóva, Italia. De raíces Italianas y Uruguayas. De activa vida espiritual, amante de la Madre Tierra, habla Italiano, Español, Inglés y Portugués. Vivió en Italia e Irlanda. Actualmente viviendo y trabajando en Punta del Este, Uruguay.

CPSIA information can be obtained
at www.ICGtesting.com
Printed in the USA
FSOW02n1814011216
27860FS

9 781936 902217